欠鼓吹詩人叢書／07

阿鈍　著

在你的上游

【總序】
台灣詩學吹鼓吹詩人叢書出版緣起

蘇紹連

　　「台灣詩學季刊雜誌社」創辦於1992年12月6日，這是台灣詩壇上一個歷史性的日子，這個日子開啟了台灣詩學時代的來臨。《台灣詩學季刊》在前後任社長向明和李瑞騰的帶領下，經歷了兩位主編白靈、蕭蕭，至2002年改版為《台灣詩學學刊》，由鄭慧如主編，以學術論文為主，附刊詩作。2003年6月11日設立「吹鼓吹詩論壇」網站，從此，一個大型的詩論壇終於在台灣誕生了。2005年9月增加《台灣詩學‧吹鼓吹詩論壇》刊物，由蘇紹連主編。《台灣詩學》以雙刊物形態創詩壇之舉，同時出版學術面的評論詩學，及單純以詩為主的詩刊。

　　「吹鼓吹詩論壇」網站定位為新世代新勢力的網路詩社群，並以「詩腸鼓吹，吹響詩號，鼓動詩潮」十二字為論壇主旨，典出自於唐朝‧馮贄《雲仙雜記‧二、俗耳針砭，詩腸鼓吹》：「戴顒春日攜雙柑斗酒，人問何之，曰：『往聽黃鸝

聲，此俗耳針砭，詩腸鼓吹，汝知之乎？』」因黃鸝之聲悅耳動聽，可以發人清思，激發詩興，詩興的激發必須砭去俗思，代以雅興。論壇的名稱「吹鼓吹」三字響亮，而且論壇主旨旗幟鮮明，立即驚動了網路詩界。

「吹鼓吹詩論壇」網站在台灣網路執詩界牛耳，詩的創作者或讀者們競相加入論壇為會員，除於論壇發表詩作、賞評回覆外，更有擔任版主者參與論壇版務的工作，一起推動論壇的輪子，繼續邁向更為寬廣的網路詩創作及交流場域。在這之中，有許多潛質優異的詩人逐漸浮現出來，他們的詩作散發耀眼的光芒，深受詩壇前輩們的矚目，諸如：鯨向海、楊佳嫻、林德俊、陳思嫻、李長青、羅浩原等人，都曾是「吹鼓吹詩論壇」的版主，他們現今已是能獨當一面的新世代頂尖詩人。

「吹鼓吹詩論壇」網站除了提供像是詩壇的「星光大道」或「超級偶像」發表平台，讓許多新人展現詩藝外，還把優秀詩作集結為「年度論壇詩選」於平面媒體刊登，以此留下珍貴的網路詩歷史資料。2009年起，更進一步訂立「台灣詩學吹鼓吹詩人叢書」方案，獎勵在「吹鼓吹詩論壇」創作優異的詩人，出版其個人詩集，期與「台灣詩學」的詩學同仁們站在同一高度，此一方案幸得「秀威資訊科技有限公司」應允，而得以實現。今後，「台灣詩學季刊雜誌社」將戮力於此項方案的進行，每半年甄選一至三位台灣最優秀的新世代詩人出版其

詩集，以細水長流的方式，三年、五年，甚至十年之後，這套
「台灣詩學吹鼓吹詩人叢書」累計無數本詩集，將是台灣詩壇
在二十一世紀最堅強最整齊的詩人叢書，也將見證台灣詩史上
這段期間新世代詩人的成長及詩風的建立。

　　若此，我們的詩壇必然能夠再創現代詩的盛唐時代！讓
我們殷切期待吧。

/ 目次 /

047　**輯Ⅱ　小劇場**

073　**輯Ⅲ　藏起光**

087　輯IV　動物濃妝

135　輯VI　時光秘戲

輯 I / 前奏與賦格

透明人

他是水
而不在其內
是煙吹
厭氧的風
是寶血
而發酵過度
是顏料
而在光譜之外
是深空裡的
一個洞穴
沒有邊際的
慾望
他是追悔
永不及物的
數位

（且莫拍照）

他是火

盛裝的

皮囊

纏匝於

繃帶

與記憶之間

是解不開扣子的

風衣

無法復原的

一堆原子

脫不掉重力的

靈魂

幽居在

位格的

最裡一層

而我竟謊稱他

塗抹了香膏

小賦格
──與Sylvia Plath跳格子

萬物都是賦格
妳單腳跳　向前
或雙腳跳　向後
妳會記得跳繩的節奏

萬物都能賦格
單瓣或複瓣
都可以包裝或開展
變成一朵水仙

萬物都曾賦格
愛情或仇怨
都離不開鏡子
離不開遺忘

萬物都怕賦格
父親和小孩

都喜歡擁抱
都抱不住彼此

萬物都如賦格
昨天和今天
擦洗同樣的碗
同樣的餐盤

萬物都愛賦格
鉛筆和紙張
鍵盤和視窗
都如此迷戀遠方

萬物都將賦格
紅色或綠色
或者紅綠相間
無非粒粒膠囊

　　唯獨死亡
只彈奏小步舞曲
滿園青草一瞬間
　　唱起歌來

四重奏
——夜聽蕭士塔歌維奇

第一樂章

春夜的雨落在鐵皮屋頂上
我的蕭士塔歌維奇奮力搏戰
我的雨從天花板樂章直接瀉入
地板。他照著鏡子，五日
又五夜，大火仍焚燒著記憶
之城，四雙手澆不熄的絕望
以跳弓，以擦絃，以撥指
以痙攣的腕，我緊揪著巷口
不肯回家的貓，以搖晃的拳
撞擊著撞擊著深空的門

第二樂章

這裡的法西斯已被肅清
惟一的黨羽是自己的影子

縮寫字母刻在臉上，時間
的罪罰如此恆久，而岸立
的溝渠卻流去了路燈，流去
伸手不可見的和可見的
笑聲裡流淌著淚，我看見我
是大寫，是無神者，是穿越
眉心的彈孔，我是背叛者
背叛自己與神的縱聲大笑

第三樂章

但我們的靈魂披衣而起
騎上中音提琴的鞍部，再
從頸部滑落，追逐一匹
急馳過天花板的脫韁之馬
和夢一般驚惶奔竄的小狐
追逐著槍聲認定的罪名
追逐一滴追不到的淚，妳聽
那不是天空的笑聲，不是
定音鼓的咆哮，不是
自由，不是我們所能

第四樂章

但我仍要請妳請妳諦聽
那渾圓的形式，墜地即碎
嘆息四溢至極輕之境
仍不肯魄散，不肯輕易地
在花莖之下枯萎變成泥塵
或漸漸稀薄如我們未曾
相遇時的冷寂。妳終會了解
一種空氣急需一種形體像
一張臉需要一面鏡子，再見
需要一道戒備森嚴的邊界

終　曲

今夜是一堵穿不透的雨牆
它將折疊成一只七色紙盒
裝載我的軀殼或準備流放
一只瓶子和它帶來的信息
妳記得春天曾經走過河岸
教堂曾經敲響黃昏的門環

但沒有人回答上帝的問題
沒有人選擇回答或是不答
沒有人再觸撥琴絃沒有人
再想起故事的結構沒有人

大體解剖
——致Lisa

當所有的粒線體都不再發電
養分不再澆灌田野
白血球不再武裝
毒素不再進襲城堡

當騎士與主教
國王與士兵
都被福馬林醃漬透透
端到聖殿

金屬的餐桌上
閃亮的十把刀
完美地穿越
精細地滑行

我們以巧手深入竅穴解除障礙
滿懷期望地探尋一切蹄痕

至於生機
就不在講義範圍了

酒光搖曳
雪色生輝
在大師的導引下
學徒圍立

這華美必須片片品嚐
口罩的後頭
微笑的花朵朵綻放
眼睛裏的皮囊也開了最後的一朵

儀式結束
校園離墓園如此遙遠
到處仍是朗朗陽光
斑爛的青春

脫下袍服和橡皮手套
親愛的蒙娜麗莎
請告訴我
可願意與我約會

下一餐是熟食
還是生食

泡澡時想起一些怪怪的航海家

1

一艘船，正繞過左膝
這片珊瑚叢生的海域你即將進入
可這裡並不平靜，垂下的頭
試圖吹出一顆星球

2

暴雨過後，我的手指跟著浮出水面
紫紅色的列島，並非不毛
當你發現極樂的鳥已經絕種
我試問我的皮囊而今又是何價

3

他們說因為缺火，博物館不再典藏
即使是三百個槳手的史詩

你得在門口排隊擱淺四十九日夜
等待鴿子唧來時髦的樹枝，缺了臂的隱喻

4

讓我扮演一隻雀鳥，而你是三疊紀的子裔
你的鱗片換穿我的管羽，我的玫瑰色的黃昏
買你的綠色啤酒海，你的洞穴
我一億年突變不出的象徵，送你當做禮物

5

請再來一艘船，載著亞拉拉特山的信息
馱著加拉巴哥的象龜，伸展你縐摺滿布的海床
像一隻睡醒的科摩多蜥蜴，抬起你古老的頭
拔起錨，把我擠出浴缸擠出旅程

6

這個金屬色的澡盆，刀劍齊鳴
旋風拳從左竄出。閃電槍連發3個彈夾
被擊中的悶哼像極了叫床，那女子的右頰痙攣地
出血，我的詩興奮地搖滾流出

7

可樂杯與吸管的愛，相濡以汗以濕涼的桌面
遊戲的戰略如此規定：20元買妳的青春
再加30元，妳就超速直上天堂
如果出場，別忘了買我肚臍眼上旋轉的星臂

8

下載的是妳的唇還是妳的綠色趾甲油
寂寞已經陣亡在38號程式
我選擇第13帝國的第90號塔樓
妳選擇第幾頻道？OVER。

9

這是我的遊戲，每一行都是一道刀傷
每一句都必須儲存能量以備戰鬥，或者逃亡
沒有語言文字的國度，無處不是城牆
我奔跑得像個異形，沉默如同暗礁

10

每一隻蜘蛛坐鎮一個角落
我吐出的絲線緊緊黏附這廣大虛空
鼓點敲擊昨天，今天已經消失
明天我還要點一杯饒舌咖啡

緣溪夜行

1

螢光偏左，亮
螢光偏右，亮
穿過中間的黑暗
是我
失去的影子

2

溪聲在前
溪聲在後
山路從額頭突出
折了幾回
便陷得更深了

3

竹林說是
竹林說不
樹蛙藏在下腹呼喚
石頭回答
滴，滴，滴滴

4

眉月掛在樹梢
眉月浸在池裡
彎彎的竹橋底下
祝願的錢幣已滿身銅綠
浮出的詩，還有　光

6：1

1

深夜有人
組成一支夢幻球隊
你在無數的鏡面裡
獨自盤球

2

迫近的身體遠離了
遠離的語言緊盯著你
一顆眼淚急地
又滾出邊線

3

你剛躍過時間的中線
騙過染色的髮絲

疑惑又從左右兩翼
包抄而來

4

是誰悄悄
在你眼前佈滿網柵
我的球
射不進門

5

黃色紙片紛飛
如果裁判再掏出
一首詩
你就犯滿

6

滿場觀眾喊出球形的字
唯獨一粒句點
被你頭鎚
。進網

7

互換背心吧
趁著汗水未乾
把瘀青藏進草地
留下影子緊緊纏著

註:「。」偷自鯨向海的詩形。

距離午夜還有十二碼

足球的季節
連時間都失去了邊界
愛恨榮辱咻咻滾動
一隻寂寞的鳥輕輕叩門

距離午夜還有十二碼
——再射一球

足球的季節
連時間都失去了邊界
你聽到周身血液奔流
右腳背隱隱還有遠方的雷聲騰躍

這樣的季節不會只有一回
年年有人捲土重來，有人身退
有人在強光下繃斷了韌帶
遺憾飛越門楣，記憶裝滿聖杯

不必對鏡，你知道你的頭頂
半白的髮根急急轉青
又忽然染金、變紅
就看今夜你的愛向誰滾動

但機運的方位你無從捉摸
愛的禁區永遠埋伏著榮光或極刑

上帝起腳的時候
我們的疼痛總是衝向高峰

啊！我的愛啊，我驚坐而起
聽見十二碼外風雨猛然排闥
而你說：別害怕，這裡並沒有球賽
一場回春的夢，掛網的只是自己

日 曆
——收到零雨寄現在詩日曆，口號5首回報

1

昨天和明天
要翻頁
還得割上幾刀

2

每一頁
都求你抽刀
割不斷
哪都別去

3

從零時讀到零時
一首詩
就這麼撕了

撕了
就等下一天
一年

4

如何踐別一天
是一首詩
還是數字

你說：撕了它
聽，有沒有
回音

5

日子短
真好

不須長竿
就撐過去了

路之遠近
——致同遊地獄谷的男男女女並和廖偉棠賦詩

1

因為繞了遠路
或者什麼可說的理由
我們抵達的時候
廢墟已經還原，溪水安靜下來
貓藏進暗影，光隱退了
仍舊貼著山壁，若有喘息

但這些都無礙我們了然
過去與現前，蚊子的餘壽
一如留跡的人客
仍在湯谷，風化與風情的窗隙
昭昭然，上下其手
株株靈草粉了身，碎了骨

更無礙，我們言笑晏晏
看你繼續拾級而上
一手握鏡如瓶，一手托舉
向天，彷彿渡海的醫侶
因無盡的施捨而面露微笑
而任由禪杖石化，花墜於淵

2

然後我們從鐘形的窗櫺說起
盛唐文明如何因一位醫侶
渡海東瀛，如何又傳來島嶼
在瓦舍和碑石之上層疊了變遷
譬如所見五色：藍色死生
紅色跨界，譬如那只破布包

分明是無殘無缺的存在
卻因一個字
而將我們——浴後晞髮的女人
從背立的鏡台飛起，乍疑為天女的天牛
「寧可到處留情也好過流淚」
——的全部缺憾，斜斜背在你的肩上

3

（啊，還有紫色，那深於紅色的）
一隻紫色的大鳥飛進後院
只有你瞥見他，並有所疑：
他本是這個島嶼的生物
迷了路，像我們一樣在榛莽半途
正沿著硫磺地熱的邊緣上下
遼路求索，還找不到一個安全的巢居？

或者他是更奇異的旅人
詩人的品系，黑鳥的進化種
因為遇見一隻貓
正穿越時光疊層之間的洞府
──牠的瞳孔，一個花園的角落──
上半身剛化入蒿萊
下半身卻泛出了光彩？

或者從來都沒有貓，和鳥？我對鏡
猶疑：那記憶體裡的煙煙水水
又是誰的？更遠處的「他鄉樓」下
一隻灰鼠橫過眼前，「是否我們原該

安居如家，無論置身何處？」
藻井深處，詩人的句子昭然如燈
我們忽忽忘卻路之遠近，日之脩短

醒醐之後
——答婉瑜得詩

包裹收到
不是鵜鶘的禮物
而是醒醐之後
瀏亮的光穿透雲層

就連遠方樹林子裡的鸛鳥都清楚聽見
一片海洋在夜裡生成
而呼吸漸明，漸深
彷彿唱了支歌

彷彿今夜看到了新月
穿戴起清澈的寶藍絲絨
明天，又會揭開
每一次潮水裡的信息
即使有時哭泣
也是珠玉般的美好……

輯II 小劇場

天使小劇場

1

往地府的捷運上
我正陷入沉思
手機響起
我的天使笑著說：
「撥錯了」

2

有時我愛憐地觸撫白色翅膀
有時你會在鏡子裡說
記得尾椎也要磨平
還有，別淋雨
會掉漆

3

一萬支羽箭都射光了
一萬匹馬還在跑

一萬平方公里的花都開了
一滴春雨還留在獸簷

想不起來那首詩
什麼時候悄悄
開窗，散步去了

4

啊，我一點都不介意那些重量
雲一般地浮在身後
那些前世的，今生的水
來自遙遠遙遠的
星系的眼睛

街　燈

橙色的鴿子

立在夏木的頂端

當牠醺然飛起

你的眉線，我的眼耳

鼻舌身意的影子

與路之所向

都教牠，啄食了去

理容院

藍色的靜脈

紅色的動脈

白色的繃帶

兩條辮子扭著夜色

忘了金錢的自由

精子的博愛

死亡的平等

問答題
——李賀「一泓海水杯中看」

海水問杯子：

妳的虛空，我灌得進嗎？

杯子回答：

你的濤聲，我裝得滿嗎？

奈米時代

「要有光」
被奴役的頭顱便一起發聲
歌頌結構主義的勝利

密思佛陀

暴雨洗過
帷幕垂掛的女人似笑
非笑

詩

打開

存放詩集的那一扇書櫃

一股霉味衝進鼻孔

他打了個噴嚏

發現這首詩，大家

都寫過了

子　音

一個子音
單薄
卻持久

像夜鷺
單腳
站在船頭

聽到一節海枯石爛的誓言

藍色的海洋聽到一節海枯石爛的誓言

就笑得一路收縮收縮收縮

收縮收縮，收縮，收縮

收縮，收縮，收，縮

收，縮，收

縮成一粒

藍，色

的藥

丸

醒　來

每一次醒來

是一次考　驗

一次拯救

可每天都要

　醒

　　來

至少

　一

　　次

沉默的磚沿街丟棄

沉默的磚
沿街丟棄
是誰將它拾起
築成一道牆圍

那端你　坐著
這端我　坐著
直到青苔在中間
欣然相遇

我腳下的箱子

我腳下的箱子擠滿了五顏六色的塑膠袋

它們總等待著另一次裝滿的感覺

但這樣的機會並不多

新的夥伴總是會想辦法擠進來

一起等待……

靈魂結痂的時候

靈魂結痂的時候
松脂包圍了夜蛾
琥珀色的風停止了爬行
殘破之翅仍翕翕開闔

是昨日的浮力
或輪迴許諾的來生
讓它如此沉默，或話語
起自天末的霞光

裂　隙

靈魂張開裂隙的時候

絕不會沒有聲音

洩漏的真空，如有引信

連結到地質年代

苔蘚飲露的地方

攀崖者仍奮力懸掛

他知道只有密雲裡的語詞

可以讓他　鬆　手

流放夜

臥軌的人終於選擇了一張軟鋪

蹉跎和輕蕩的年歲

今夜都要安穩地流放遠方

我心底的囚犯哪

請來坐在我的身旁

把你的詩和平凡的人生都裝進皮囊

車窗外的祖國漸次消逝

我們即將穿越

邊界，將在身後隱沒

註：取材自芬蘭導演Aki Kaurismaki的"Dogs Have No Hell"

題歐陽柏燕畫作

如今只有

如今只有鴿子
曾經停棲的窗櫺
還留著影子

每一天
都擴大一點
陷落一點

只有風知道
沒有什麼禁得起度量
除了沙

苦瓜與花崗石水盆

我知道只要陽光
順著苦瓜藤爬上爬下
枯乾的，總有再綠的時候

我不知道的是花崗石
水盆裡搓洗的影子
會越搓越濃？還是越淡？

題titi畫
——桃麗羊的夢境

當奧菲俄斯撥動春天的七絃琴
我聽到羊蹄一路漫步而來

在你的放牧下
我安然睡著

題竹久夢二美人畫

黑船屋

黑色的夢境
到我懷裡
就安靜了

如你想要
得小心餵養

舞　妓

是那天吧
你坐在角落
你拍的手
特別響亮

我幾乎轉過頭來
轉過頭
給你
看個夠

宵待草

不只一夜了
他在別處晃蕩，而我
只能長成一棵樹

一棵樹在風裡晃搖
在時間中曲扭
或者萎落

如草，繼續蔓生著夢魘
等著你來
來吃她的甜甜果子

灘之音

雲沒有穿鞋
他走得比誰都快

妳的心跟著擴散
像沙灘吞食著潮聲

那時，我的腳印卻累了
累得走不出秋天

春‧秋

你看見了
葉子綠了
我的額際抹平了雲影
你看不見

你看見了
柿子紅了

腰帶上的花開過幾回

你看不見

還有啊，空白的季節

/輯Ⅲ/藏起光/

藏起光

一座歪斜了的微光碑塔

交錯著線，收藏著矽砂之火

和魚群晨昏吐出的氣泡

你說：詩是缺陷的

一如生命，並不為完美而設

許多名字墜於黑色懸崖

蔓陀蘿將發而未發，樓台嫁接而上

無盡的顛危拼貼了易碎的窗

窗台外字體跌落無聲，考驗你

如何攀索搭救，並且讀出

意義，考驗你的不安（而非滿足）

是否終能擊碎寂寞——這一座

魂魄叢集的碑塔——認清它

是地獄，還是淨界

在你的上游

不垂，不釣
不釣雪，不
釣山，不釣船

什麼都不

釣。一尾魚
順著絲線
游進眼裡

靈　光

靈光鋪在雨後的石板路
我一步一步往前，幾乎像在數羊
一聲聲叫喚從後頭跟來
進來坐啦……進來坐啦……

哦哦哦，我真想跳幾下格子
回轉過來看看，那跟在身後的
究竟是誰和誰的影子
幾乎像在數羊，一步一步往前

進來坐啦……進來……
哦哦哦，其實我更想挖開石板
問它到底埋得多深多長
多靠近人潮和海潮

還有那棵黃槿樹
它如何能安然據守

這一方石板，自顧自的開花
落花，又開花……

哦哦哦，你說你已經數過了
（幾乎落淚地數）
總共有七十七朵
只是一夜……

在你的下游

有河橫過眼眶

逆光漂來的字句逐日逐月

逐年之後，沉積的心

豁然攤開，像乾爽的沙洲

一本展翅之書，如此樂意邀你

擱槳，靠岸，自由起降

或啣起水筆仔，畫一間房

在約莫黃槿花開的高度

張口飛出雨絲千行

青空無限

註：

1.「展翅之書」，借自 Ted Hughes 閱讀神話與史詩之後張口飛出
　的〈烏鴉自我〉（"Crowego"）：
　His wings are the stiff back of his only book,
　Himself the only page--of solid ink.

2.「乾爽的沙洲」則緣於購自有河書店張貼夏宇主編的「現在
　詩」大字報上的一頁大字報：
ON THE WATER
IT'S DRY

書店風景

他們整整齊齊排列
墓碑栽植於街道，無數的
靈魂呼吸著花粉，眼前
無處不是歧路，無處不是
歧路者羞怯的肌膚，刺青的
裸臂，深埋的緘默，或是
坦肚露臍，曝曬於灼烈的
窺視之下者，無處不是
基因密碼耳語著愛染
誘惑著馬蹄克利克利，或許
我將被流星擊中，倒臥於藍色
蒼穹或血色的埃及窗帘

你瞧，歧路者的骨骸堆疊堆疊
一座座高牆，一座座塔樓
而當孤獨蜂擁來襲，誰來
舉起烽火，傳遞寂寞

你瞧，這麼這麼多的可能
而來時之路卻已收盡了淚水
歧路者的眼睛的唯一作用
是一再地假裝已經買到靈魂
在通往最終的收銀機之前
牽著手沿街走下，如果你想
轉換舞伴，你可以扮演國王
或乞丐或快樂地吞噬彼此

街頭藝人

如今雲影已填滿左邊的袖子
只偶而拋出悶雷、雨絲
失去了咒語，飄飄盪盪的彩帶

防波堤外，黃昏垂斂雙翼
潮濕的帽盒裡，鴿子開始準備越冬
斑駁的手杖明滅閃爍

魔術師了然這所有的變化
就像渡船者明白河水到了出海口
蒼蒼莽莽的水下其實
泥沙漸淤，航道不定於一

於是他的帽簷愈戴愈低
牽著對岸的山，無聲涉水而去
胸中的燈火次第點亮

末　紀

鯨魚穿越重洋
輕輕拍打的浪花
搖醒舟子半夢半醒
伸手摸著了航海圖上
彎彎曲曲的點線
還有島嶼，微微吐氣

他點亮了燈，昏眩的眼睛
猛然射出一截標槍
峽灣聽見低鳴
彷如公羊吞食了一顆流星
雄立懸岩，知悉冰河期
終於被推向末紀

普希金舞會

子彈射進左胸的時候
心愛的懷表並沒有保護他
免於神經著火
免於骨折
免於睡夢中看見幻象

濺起的指針
一隻逕直穿越樹林
穿透了墓碑
一隻被路過的松鼠拾去
撬開了核桃

欲眠卿可去

從一根看不見的絲線開始
晚禮服懸在櫥櫃裡
每一夜
脫落一點
每一夜，脫落一點
兩點，三點，黑色的
蜘蛛反覆地出現
每一夜，都複製一點
直到眼球張開了
蛛網，繭一樣的
夢，一一垂綴
光，停止了許諾
只有夜蛾
偶而還傳來遠方的訊息
所有的酒店
都還開著

輯 IV ／ 動物濃妝 ／

那麼你呢
人形的姊妹
仍保持著立姿的兄弟
請告訴我
你會吸食誰的汁液
你會為誰表演
你的汁液會供養誰

河鳥曲

飲水而失足的
一匹馬，你的前生
不在此岸，不在彼岸

如今被你撈起的那人
還記得他的鞍
你的嘶鳴嗎

鶇之旅

鉛色水鶇並不佔據任何岩石
溪流也不，花楸也不

而冬天說來就來
眼角的殘紅卻不曾飛去

青雀兒喜

被雲朵附身
被花禁足的小小精靈啊
你們把春天藏了起來
我卻偷偷發現
蓬鬆的羽絨裡還有風雨
彩虹
和鄰家的孩子

聲聞天

踩破微明水田
一聲鉛色的鳴叫
從胸腔直直貫入頭腔

不寐霧露顫顫後撤
最後一顆晨星
難逃一啄

附記：2006年初二大霧之晨，見紅冠水雞閒步啄食於屋前枯
　　　荷田間，忽聞嘹亮雞聲，介乎嗩吶與小號之間，若天地
　　　闢，鴻濛開。

太初有蛋

習慣在右腦孵他一窩窩的蛋
從粉白、青綠到橙紅
每隔一夜,就從左耳飛出一隻

而今天的躁動不比尋常
雷鳴擊碎的午夜
全身軀竅如斯響應

腋下一雙羽翅倏然開闔
直到星球錯裂,放出電漿

戴勝上尉

一隻戴勝鳥越過雷區
尖嘴掀開了碉堡
接著又掀開上尉的頭蓋骨

黎明的海風冷然穿過眼窩
穿過肋骨似的
一枚領章

戴勝鳥吃掉開了朵小黃花的鈕扣
吃掉長了根的彈帶
又一個字,一個字地吐出上尉
口袋裡的情詩

黃尾鴝劫走的偽詩

冬日的弓尚未拉滿
而灼豔的水杉卻忽忽落羽
就像被一隻黃尾鴝劫走的綺念
只留下山谷中傳來一陣輕笑
染紅了顏面

哦，關於季節，我說
沒有獵人比鳥知道得更多
至於森林和歧路，只有野獸明白
一切都只是偽詩的藉口
華麗而無跡

黃色琉璃夢

我看見妳飛起
一片羽毛落在東方的山脊
妳的眼睛漸轉成湛藍
而小腹仍遮著昨夜的雲巾
我記得曾聽見，妳的名字
在天地之間，跳躍著

後空翻練習曲

那對籠中的綠繡眼
一隻鎮日練習後空翻
一隻不時吹笛伴奏

我的小人之心不禁起疑
那鬆緊有致的技藝
若不是已完全瞭悟韻律的自由
就是正秘密算計
逃離天空的正確角度

如果細數鳥毛

如果細數鳥毛

演化的痕跡和因果都將歷歷如昨

例如當爬蟲類交換鱗片時的禮貌趴在右邊

錯落中央的則是嘶咬和模糊的血肉悲歡

當斑爛天體懸垂著永世豐盈的誘惑

殘留的破殼囊卻暗示了時間之箭

或嘴喙的愛，指爪的力道

而切莫遺忘的是最下

靠近邊緣的地方

一棵知識樹還繼續生長

且分叉如蛇信豔豔

麻雀兵兵白頭翁

白了頭的杯杯靠過來

說：別看這小麻雀很可愛

牠們吃起穀來

就像林彪的部隊打進來的時候

一波一波的民兵

幾十畝糧一下精光，那邊

（銅像頭上）的白頭翁就吃得少些了

他的牙齒也幾乎精光

他說讀過書，唱軍歌漏了風

他說哥哥曾幹過騎兵隊區隊長

爸爸吃鴉片，沒了錢

也好像有過什麼豐功偉業

可都像麻雀一樣地飛了

他也像白頭翁一樣吃得少了

我說謝謝杯杯分享的故事
很多事得來不易
很多鳥來了去，去了來
很多故事說了又說
繞了又繞，就是無枝可棲
白頭老杯杯彎腰拾了小樹籽兒
麻雀般地跳著腳，走了

犀　牛

他仍坐在辦公桌前
皮漸粗肉漸厚
犄角漸漸磨鈍了
滾在泥漿裡
誰也分不清牠是黑是白

視窗網住了六合四方
而他仍低首吃著卷宗裡的草
想著錢多事少想著離家
偶而也想起另一匹獸
攀向吉力馬札羅山

雪落山顛，盟約歸入檔案
草原上雨季和乾季遞換
橡樹半榮半枯，群鴉鼓譟
獸群會而不議，議而不決
啊！永恆的大地，無盡的宴席

他嗯，他哼，他哈，他呵欠著
尋一株小喬木，慢慢地
磨牙、搔癢、甩動尾巴
趕走蘇格拉底飼養的虻蠅
肥短的身軀後頭，暮色忙著

斑　馬

遷屍的季節終於來臨，動物們成群渡過奔騰的河水。自從在一場追逐中傷膝之後，他已經不再後踢，也無力奔跑，失去了僅有的自衛能力。

在將涸的黑水塘邊，他忽然起了個念頭，而遲疑著：這肉軀該留給草原兀鷹，還是拋給流波中的鱷魚？

這一生他從未想過任何重大的問題，例如愛和聲名、存有和空無，因為他向來只需跟著群體移動，擠著喝水，擠著爭風、散步、追逐。

而這回他看得清楚了，眼前是一張黑白條紋的臉。

他想起曾聽一隻流浪的狒狒說起：上帝在生命之樹下睡著的時候，一隻黑蛇和一隻白蛇從他的眼睛裡游出來，它們想吞食彼此，卻勒住了上帝的脖子。上帝醒過來，在驚惶中把兩條蛇扭成一團，順手甩出了伊甸園，蛇一

沾到泥土便開始複製自己，想以數量取勝對方，但誰也贏不了誰。最後它們決定以共生的形態和平相處，也從此停止思考，除非在必要的時刻。

他完全不瞭解那是什麼意思，只依稀記得那時，風，眨了一下眼睛。

風拂過來了，他看到那張臉晃動著，條紋有些歪、有些斜了，黑紋和白紋將要重疊卻又分開。他急了，想要趁水塘還有光線時，看清楚自己的真正長相。但黑暗迅速來臨，他的問題還沒有抉擇，他仍靠受傷的腿站著，遲疑著，直到被一顆午夜的流星擊倒。

將近黎明前，他似乎聽到一聲輕哨，身上的蛇紛紛散開，游進了上帝的眼睛。

大　象

當然，這並不是什麼悲慘世界。

大象穿了一件新衣，連耳朵和鼻子都穿上了，尾巴和肚子底下那管東西也沒漏掉。先別問誰製作了這襲華美的衣服。你們不會找不到他。

如果循著鼓聲，你們會遇著遊行的隊伍。

跟著往前走，在十字路口，你們會碰到一位醫生，他已失去嗅覺，但他會精確地帶你們到小吃攤那裡喝碗濃湯。湯裏會有線索，例如：白髮或青絲，那值得你們推敲一會兒。如果喝慢點，也許誰會咬到一顆鈕釦，但請先別設想湯頭是用哪一段剝落的記憶熬成。

當月光從鐘樓十一點的方向射下，你們將變成石鋪路面上的影子，你們必須遵從傳說，手牽著手跳上幾支舞。鐘響前你們會看到一隻大象，聽著牠踩碎三隻玻璃鞋，

鼻子上捲起剩下的一隻，甩進嘴裡，然後一道光將從牠
的胃部將牠全身照個透徹。

到那時，你們就會明白我所說的一切。

然後我就會繼續跟另外六個劇中人說六個尋找大象的劇
中人的故事。

蚊　子

請進，飛翔的蚊子，請擠進春天的夢，擠進我擁擠著癌
化細胞的社區。

你看，這插滿了旗幟的空間已不容旋身，而雙掌之間仍
寬闊得任令不曾築堤的命運之河到處竄流。

你聽，窗外的風雨都已經無話可說，而拍擊不到靈魂的
掌聲仍繼續響亮。

這時候，惟你我仍舊醒著。因此請容我敬你，以掌聲將
你的寶血畫成硃砂，沿著靜脈上行，擠進我心室下方。

請飛臨視窗，我的飛蚊，我將很高興，因你已將寶血獻
祭。而我苦惱的靈魂則趁機被你擠出暗夜，在誘人以光
以色的社區之間，自由穿梭，並且吸吮整條河流的寶
血，直到一夜，我也被掌聲擊落，擠出另一個靈魂。

獨角仙

在腐朽的樹幹底
我蜷縮著過冬
每日數著自己的腳
像個僧侶默念經文
堅守無政府的立場
而任由謊言在風中冒芽
徒長出樹枝

詩人習慣俯視我的背甲
預判生死的輕重
商人則透過兒童看見鈔票羽化
所以你也來了，帶著科學
帶著移植鏝和養殖箱
想要窺視魔術如何變態
但我只是堅持目前的姿勢

當然春天會自動到臨
那時我會自動表演脫衣

挺舉著力量供你想像自瀆
然後我會張開鞘翅
飛到許諾之地
吸食可口的汁液
這些我既無從選擇也沒有秘密

但終有一天我會喜歡仰視
看著雲朵遮蔽了藍天
我會跟蹲下來的人說
「嗨，兄弟，請你讓開
你擋住了我的陽光」
然後繼續數腳
直到被踢入草叢

那麼你呢
人形的姊妹
仍保持著立姿的兄弟
請告訴我
你會吸食誰的汁液
你會為誰表演
你的汁液會供養誰

鬥　雞

他從沒領到退休金
不緬懷革命也不怪政權更迭
至於信件會不會從河口隨波漂來
鏡子裡的尾羽會告訴他

「生命是強韌的，朋友」
掛鐘、皮鞋、和報紙廣告
哪樣不經久耐用
因為我們也同樣善於等待

雨季裏總有人會撐傘走來
馬戲團的表演不會錯過你
孩子們不需押注時間
每個人總會輪到一個號碼

因此如果你還抱著希望，上校
流水總會寫信給你

你自己總會成為一封信
會把它摺成頭冠，流到河口

糞金龜

登山半途，我看到一隻糞金龜正努力滾球滾球滾上陡
坡，彷彿兩隻後腳正從地底某處攫住某種韻律。

牠顯然看不見去路又不斷跌落，笨拙得無以復加，無以
復加的優美。

我忽然心懷憤恨，確信牠結結實實，搶走了我的寶貝。
我確信自己的心跳正發出低鳴，直到眼看著牠和牠的寶
貝終於滾落懸崖，埋進一堆落頁。

這樣的結果，我無法分辨是悲是喜，只看到心愛的地球
忽然快速離我遠去，埋進黑暗天空。而我向前浮出的雙
腳，才開始長出倒鉤。

亢　龍

一條河在時間中游就乾涸了
不再有險灘或急湍
也不再拉縴了。擺渡人

和船一道朽爛
行雲行雨都不能解渴了
而我撈起的是哪一世的水

蛇 蛻

遺落溝邊的一截雨衣
如此鬆脆，讓他想起那些年
大口吞嚥的蛙鳴和鳥聲
還有藏在荊棘叢後
遮不住，流不斷的
山山水水

而他們竟說，那是血崩厄漏
死生之間最有效的藥引
和炭服飲之後
腫立消，風立止
腳下的道路和心底的蛇
都將依然蜿蜒前去

/輯 V / 花樣・年華 /

關於眼淚
是比是興是賦，仍莫衷一是
我們看到黃色的花墜落成紅色
綠色的眼睛鋪滿池面繼續守護枯荷
黑色的帝國鬢辮三綹，帶著裂痕
從地底復活，旋腰劍，披鎧甲
繼續千百個似醒的殘夢
⋮
⋮
（但你看，不管我們如何願意
歷史何曾在乎我們）

花樣・年華（二）

花樣說起他的青春小鳥
總是口沫橫飛，涕泗縱橫
他說秋雲的腰扭傷了午後的高樓
狂浪的爪子吟詩在春夢的粉頸
他還說如歌的紅牙板子最難忘懷

年華一邊無聲收集園子裡的草葉
一邊瞅著龍吐珠，紅唇含著碳墨
還與癲茄一度莫逆於山道
與魚眼草一道凝視雨後的虹霓
更相約忘了昨夜閣樓上的風

花樣與年華之間是一個黑色的點
憂傷的影子，歡欣的洞穴
一粒咖啡種在失去願望的壺裡
慢慢地磨碎，慢慢的香濃

花樣·年華（三）

雨下在撥奏著絃音的梯階

妳的皮包和我的領帶

各自散步各自

回家吧我們的門鎖

無從開啟的雨夜

一股氤氳兩端寂寞

擋不住流言鎖不住

夜色沉沉還餓著發慌

於是妳的刀光和我的劍影

都在樓上窩成麵條

任樓下的燈躲著雨

任下樓的心淋得透濕

乾燥的唇只種乾燥的花

禁閉的鞋只想圖一宿醉

但門裡走到門外呵
竟走了千年跨過了重洋

那麼就任牆圍保留一扇窗格
任徒長蔓生的花色爬上衣襟
任妳帶走了妳的拖鞋
走入遠方我帶走了妳

花樣・年華（七）

1

關於眼淚

是比是興是賦，仍莫衷一是

我們看到黃色的花墜落成紅色

綠色的眼睛鋪滿池面繼續守護枯荷

黑色的帝國髮辮三絡，帶著裂痕

從地底復活，旋腰劍，披鎧甲

繼續千百個似醒的殘夢

你聽，金戈銅馬裡

人潮洶洶流言紛紛土花默默

光芒一樣散列的箭簇

還滴著血，我感覺著你的肌膚

我的心一陣蹙痛，開始質疑

我們看見的馬車伕（或者稱為趕車者）

他究竟是誰，是靈明的主宰

只載送會死會朽的凡軀，或者終究只是

某個與他人（包括我們）並無兩樣的
人形奴隸，僭取了不朽的美麗銅綠
卻驅車馳向衰蘭與斜陽裡的塵埃
（但你看，青銅的韁繩畢竟勒不住時光
奇異的文字卻從古激昂至今）
又或者，他根本就是不朽自身
他的美麗就像我們從鏡裡光裡
看到的你，何等自信
就像你在每次崩毀之後又
在光裡再次復活
因為你是我巨大的歷史

2

那時，人潮洶洶流言紛紛土花默默
鏡裡的光避開了先秦的論辯
寧可選擇不知有漢的美學
比如那時，我們說起如果真有輪迴
你寧可變成一條五彩斑爛的蛇
從墓穴飛出，直接潛入魏晉
只關心人物的造形、丰儀以及門第
關心如何渴飲嵇康的血，劉伶的酒

趁他們彼此以及他們與時代激辯之際

在他們的生殖器上一口注入毒液

或掛上一顆蘋果樣的鈴鐺

但如果真有輪迴，我願意

為馬，一匹放飲於漠野的馬

可以主動選擇，要，或不要

趕在斜陽冷卻棲鴉驚起之前

奔赴一場勢所難免的大火

或是一匹馱經的白馬，我也願意

在你誦讀月光之際，偷偷落淚並感喜樂

又或者我更想是那一匹想再度化身

進入一塊浮印著奔蹄的

磚石之馬，躲在苑囿牆圍之間

看你談笑間彎弓搭箭，射死一隻

扮裝的鹿鳴呦呦，我也願意

負責偷聽三十六宮的秘密

並且執行收集銅人眼淚的任務

祭於天帝，獻於你

（但你看，不管我們如何願意

歷史何曾在乎我們）

3

（我們自願放逐歷史了

躲進一杯酒光裡，面對面

其實這一切你都了解

你了解眼淚，更甚於我

因為一道傷口曾經如此迸裂

因為滿面曾是血紅的淚

過多功名的塵和情愛的泥

一起攪黑了滄海（翻起的浪

竟染得我的鬢邊更白了）

我看著你以手撈水，以為其中有月

有三千張浮詩的臉孔，但你的手呵

滿手都是被時間癒合的細紋

堅硬的繭遍佈於心，最柔軟的地方

在酒精中才張開的巨大憂傷

以及濃密的黑鬚裡牛長了幾莖白晰的秘密

這些，你都告訴我了

你都告訴我的手了

我的手緩慢前行，想拂拭一滴淚

而你是知道的，我的手
非關比興，甚至非關詩賦
或開啟石門的咒語
它只是無以名狀
無以名狀的第一百零一則留言
這些，以及那些未加著色的那些
你是知道的，我的愛
歷史不會知道

花樣・年華（八）擬上邪

山無陵，江水為竭
我終於來到空曠之地
卻仍習慣側著身
紅杜鵑仍躑躅嶺頭
希望仍切著風
短暫的陽光仍嚼著霧淞
帶我矇眼行過詭辯的碎石區
我聽到的存在，並不存在

鴉譟晚天，河源仍漂著燈
一條路伸出細瘦的手腕
冷杉以枯枝相握
南國的毒薊扎得我滿心麻辣
一剎時，黑水塘忘了咨嗟
我忘了墜落，忘了舌頭
仍懸吊在避難小屋
忘了咬人貓夜夜磨牙的儀式

鴟梟在木，蝙蝠佔據山寺
月下經聲如瀑，我猛然驚醒
蠹魚還在神經的上游逡巡
眼睛已獻給鳥獸分嚼
而夢在另一側繼續坍崩
噓氣吹下古道
一顆星別在腦門的正中
唱起銀紅色的歌

不存在的存在，上邪上邪
雪花降落，尋不到來路
天地四合，更無去路
藍色的玄蔘，紫色的龍膽
在我泛白的子夜裡都褪了色
而你是披了鶴氅的一朵雲
行來，不見蹤跡
飛去之後，我觸臉皆冰

那麼，那張臉究竟是誰
霜風刮過，我凋傷了鬚髮
行過眉眼，脫落了口鼻

退下夢境的鞍部，忘了磴道
感官與器官都棄在山溝裡
忘了海拔跟著低了
我側了個身，來到空曠之地
再不記得同誰來過

冬眠者

1

滑下陡而長的雪坡
他沒有醒來
也沒睡著
穿過冰河的裂隙
新生的孩子
開始了輪迴

2

追獵一條僵硬的蛇，捕捉
行進的光，兩輛車
忘了做愛，卻在霧中喘息
呻吟，當生死擦肩而過
真相在背後閃沒
驚醒的人，究竟是誰

3

房子屬誰，車子歸誰
台詞屬誰，角色歸誰
愛情屬誰，生命歸誰
誰碰撞了誰，誰遺忘了誰
沉默的雪，融化的心
寂寞的路，遙遠的家

4

那扇綠色的門開啟時
你記起窗櫺
那扇綠色的門緊閉時
你忘了鑰匙
靈魂總會喝醉
慾望永遠清醒

5

無處不是洞穴
冬眠的人夢見命運的線

連綴而成故事
沒有絕對的陷溺
也沒有小徑通向過往
或未來

註：Wintersleepers（Winterschlafer）為德國導演Tom Tykwer
1997年的電影。

ㄇㄇㄋㄋ我的心

一顆子彈自虛擬處飛來
我用額頭接個正著
我忽然明白
末班車會進入甬道
我還是會哼著自己的歌
走下階梯

被雨水佔領的夜
被陽光的手烙印的臉頰
一件白襯衫的笑聲
一客蛋糕的速度
一杯咖啡的可能
我想我明白了
沉重如此輕盈

抵達這城市的時候
我已經開始衰敗

樓層逐漸升高
每一張牆上的廣告
都開始微笑

我試圖，我試著展開地圖
試著在這地下城市標識出什麼
試著找一根線，尋回出口
要不，就尋找一些羽毛
膠蠟，或者一支綠色穿心的箭
等等

關於輪迴種種
我彷彿明白

我倒立在水窪
像一盞昏黃路燈
有人嘆息走過
我終於明白
我所能明白的
其實很少　很少

街

未到年深
更未到日中
一條街就這麼冷了
針尖無聲鬆脫
塔影斜斜渡過河口
美麗的臉孔究竟為誰
溶進了窗櫺

冷去的街
濃煙隔斷了台階
看不清楚上去的是誰
下去的，又是誰
信箱吐出灰燼
有人繞過了牆角
黑色的碑石悄悄發芽

輯 VI / 時光秘戲

當奧菲俄斯撥動春天的七絃琴
我聽到羊蹄一路漫步而來

在你的放牧下
我安然地睡著

————〈題titi畫——桃麗羊的夢境〉

鹿　過

1

最遠的途徑
在鹿角的兩端
最明亮的光
是我右邊的影子
一夕鹿過園林
千萬條歧路便從今生
走到他生

2

金色的果子懸在枯枝
還有一顆銀色的
搖著耳墜，叮鈴鈴
初春的藍色園林
白花團團開放

心中的雲翳漸次透明
鹿的氣味如此靠近
喚醒了每一支羽箭
卻又悄悄躲入娑婆夜影

3

喔，是的，還有一條秘道
一個被時間之箭射穿的所在
不要追問它的距離
相信，我們就會回到原點
鹿鳴的時刻

奧德修斯綺想

1

他從冥河歸返
把槳插在十字路口
但魂靈仍扛著船繼續漫遊
每一條街都安靜了
每一面反光鏡都引長了頸子
長出了水手的鬍髭

2

給他一個名字
讓你可以捧在掌心
讓獨眼的巨人無法掌握

3

海妖的歌聲夾著乳房
從兩側包抄，紅綠燈

前後夾擊，我的第一隻鴿子
折了一隻理性的翅膀，第二隻
在失去直覺之前
就放棄了出塵之想，情願
永墮你的耳窪——

4

說真話的老海神滔滔不絕地說話
他掏出一首詩，捏成蠟丸
塞進耳朵

5

他已經坐在木馬的肚子裡
塞了三萬首詩，精銳中的精銳
可以嚼的都嚼盡了，包括青銅的長矛
但是你，一座輝煌的城池
值得更多，更多的牲血

一棵樹在夜裡歌唱

一棵樹升起，雷鳴於靜默
手中之光裁切一只豎琴
你從枝椏間輕聲撥奏
我的肋骨，我的樹穴裡
藏匿的魂魄直立而歌

當一隻夜鷺清醒地飛過
音階的最高處，我們坐著
孵育來日，夢因此延宕
卻安穩，安穩地適於探索
樹種的變化、築巢的方位

那麼，就是這棵樹了
我們無需量度，它的年輪
時寬時密，那是宇宙的體溫
在你的手心裡昇降，是心
在眼睛張閉之間，自然跳動

我的鬚髮也自然垂落
因著光的豎琴，汲取水分
且將養分從冠頂輸送到
四肢百骸，我的根意欲著你
深不可測的地底礦泉

一棵樹就那麼站在懸岩
之巔，你是麋鹿來尋
昨日的足跡，脫落的杈枝
而今日的氣味漸濃漸美
遠方的雷鳴，何其悅耳

在巴賽隆納

這是盛夏的天空，彤雲從高樓走下，從對街走來

而我的心是一片湖綠，帶著渴雨的神色

游過水的頭髮在地鐵的出口繼續淅瀝著光

肌膚釋放潔淨的氣味，眉眼之間飽蓄動能而非憂鬱

嘴唇裡三千億個細胞試圖唱出金黃色的花瓣

這樣的午後，我們儘可想像雲起於天涯，飄向海角的樂園

想像水窮之處，秘密如卵石在浪潮裡互擊

叩響存在以及不存在的歡愉

那是一種信號吧，也許並不太遠，也許就在體內

一個巨大的房間裡，我們舉著一卷詩，暢快地點燃了火

白色的煙霧從鼻翼與舌尖以及玻璃帷幕間飛升而出

一朵足以淨心或焚盡悲傷殘骸的花正穿過煙霧

巴塞隆納的公牛正穿過西伯利亞的針葉林

穿過滿月底下的珊瑚礁，飛魚正試著水擊三千里

試著奮飛成一隻鷹，在光影的光影尋找一個島嶼，一具雕像

渾身綴滿了曖昧的象形文字，在你的心跳裡逐漸成形

那時你的形影在我身邊高舉著紅幡，像一名鬥牛士
傾身向前，卻遠遠地把時間拋在後面，任它墜地，失去聲響
你看見自己張開翼手，以響板分合空間，因擁抱死亡而復活
傾聽從肉身升起的節奏，吹響盛夏的牛角，盡情踩踏秋葉
並且慾想著凍土底下的金礦、劍齒虎和長毛象
想像的湍流無懼季節循環，沖刷著心的涯岸，奔流到海
但火光吞食了今夜，你是塗著藍色眼影的聲音，從對街走來
我的水聲，我的火光，最高的真實

在布宜諾斯艾利斯 2

在布宜諾斯艾利斯，距離玫瑰色的黃昏還有兩個街角

我們與港口對坐，海鷗從汽笛裡捎來舞鞋

又貼心地叼去了我們腳邊的皮箱

就送給繼續南下的雲吧，我說

無政府的風濤，流金的航程，羅盤與海螺

愛怎麼裝便怎麼裝，熱那亞或立陶宛都不再是家鄉

旅行的地圖握在掌心，我們不再移民

你看皮鞋上漸漸亮起一盞街燈，然後是下一盞

你聽鞋跟叩著天階，星辰的指節輕敲鐘塔

喧騰的城市已經換穿晚裝，紫金的光害遮不住銀河的舞衣

該他們歌唱了，我們的手扶在夜的腰肢

兩眼瞅緊布宜諾斯艾利斯的臉頰

等待歌者的頓點，酒杯的頷首

我們不再移民，旅行的地圖從足尖展開

山海精傳

1

飲我一杯孔雀綠
霞光的盡頭
肉身的輿圖恣意攤開
指劍處，潮聲震野
且莫問：洗淨的是我們
哪一世的靈魂？

2

卵石鋪床，漂木結巢
海岸持續上升
老去又還陽的精衛唧霧東飛
百萬年的交歡裡
裸露的夢境你曾幾度溫軟
幾度死生？

3

且隨我來，再上一次露台
再次仰視星河，傾聽
越渡者的歌聲如雨，由遠而近
今夜有人偽裝神話的姿態
一再翻轉形上
一再淋浴

4

蘋果的甜，桂花的香
這一晝一夜都叫你釀成了酒
醉飲的衣衫都染成了紫紅
鴿子飛過，貓狗追過
笑開的每一處竅穴
比風還涼

5

此去還有更多蛺蝶
像精煉的詩魂，擺弄著比興

你當隨風，尋蹤而往
即使它假眼斑斑，豔光四射
你須得認出最真實的氣味
再度復活冊頁裡的標本

6

當我們脫去山川的衣色
把這一身都交給了魚交給了蝦
我們甚至忘了苔痕上噤聲的警告
忘了路的遠近，去向
直到一顆嵌入溪聲的碧玉
噗通躍進池水

7

水田漠漠，耕廢無意
荒遠而豐饒的國度
白鷺鷥與野薑花互換了形影
雲蔚的午后，雨聲輕輕臨幸
山的臂彎裡是你，潔淨的飛翔
是我，遠望的海棲

有人偷走了我的時光命題

有人偷走了時光，起先
我略帶憂傷，而燭火竊竊
笑著，眼裡含著一個句子
詩意而邪眤，教我不得索解
不得不貪想一口，微酸
微甜的伏特加萊姆

那時你的指尖適時伸出
腳尖勾動著愛，以及美麗
這些纖細的命題，一步步
求索，又一句句迴旋
肌膚的色澤，遲懶的音韻
你說，時光不在別處

於是我們剝除了過去
卸下未來，一件件夢幻彩衣
且有意志地抵拒永恆，膨脹於

內裡的誘惑。然觸眼可及的
確是肉身，是顫危危喜孜孜的
真實，還有斑斑的血

那是一場奇妙的午後雷雨
好近的聲音哪，我們的距離
像閃光的間隙，有人，偷走了
一個字母，像金色雲朵般地
飄走，留下甜遠的影子

不多時，又再度震顫
一場好睡，彷彿在壁燈
與街燈之間，預約了夢
彷彿輕搖的小馬車
曾經載著死亡，途經幾道彎崖
廢墟之後，還有一片果園
忘了曾有的悔罪，甚或智慧

漫長的二疊紀，而後是命定的三疊
森林覆蓋海水，我們走過表土層
被天鵝親吻的足踝，如今欣欣迎風
你掬飲了一口清泉，聽到鷦鶯

再度回身，歌唱彼此的眼睛
那是最美好的所在，你說

沒有誰留下，也沒有誰
遠去，清晨的風，正午的站牌
子夜的船，都向著同一個方位
呼吸，同一朵鬢邊的花
我的詩，不是此地，不是此刻
我的愛，只向你求取獎座

御・飯團

我捧著你，目光欲滴

揭開紅色的拉鍊

黑色襟袖裡的淺潮便浪襲而來

閉起眼睛，你看到一枚扇貝

悠然釋放髮捲與體香

藍色的海床上，海兔裸足潛行

海蛇逡巡，星鱘的齒牙無比溫存

連花蟹都放棄了逃生的意志

因為海洋的愛，無可抗拒

那麼就大聲歌唱吧！我的寶螺

這一刻，我只是詩的聖徒

貪吃油膏的尤里西斯

忘了搖櫓，忘了插槳

忘了所有的島嶼

喔神秘的三角，側過臉來

我喜歡輕咬你的鼻尖

像鮭魚滿載著迴游的記憶

上溯生命的源頭，低眉的朝聖者

循著熊的足印，自四方歸來

仰頭，原生的氣息嗡鳴於山崖

神披著薄紗，吻落前額

天鵝已經飛越銀河，祂靜靜宣告

最後一個音符已經留在鷹眼的中心

就在這神秘的三角裡，你又看到

更遠的深空，聽到一個聲音：

宇宙的脈衝會歇止，欲望會潰散

但我們囤積心底的食糧啊

從不匱乏

夜課回聲

在課堂，譯經者苦悶地
問道：我們為什麼不棄置
尋章逐句，過度武裝的神學
為什麼浪費溫暖的津液
於詭辯卻充滿雜音的經院
又佯裝聽懂了紅衣主教
和大鬍子口乾舌燥的對話
以為歷史主義必然為真
馬車和黑蟻菌集爬行的平原
必然有再度降臨的啟示
是我們的心不夠昏昧，或欲望
不夠清醒

聖典攤在桌面，飲料立著
時間在前，卻忽焉在後
甚或僅僅存在於焦慮
或恩寵再度降臨的時刻

而你在對面，在思想的松林裡
我們的眼睛對看著，卻一再迷路
在長針與短針鋪成的地面
跌撞，再爬起來，感覺路途
愈益漫長，鐘面愈益疲軟
而霧氣愈濃，我們的心
不夠清醒，或欲望還不夠
昏昧？我們不解

為什麼不乾脆承認自己
因為愛戀現世而厭棄來世
（或者相反）為什麼不
燃燭，點火，嗜酒血
嚼麵包，接受救贖如同第一次
享受初陽和無花果的異教徒
在浸禮中相互觸撫，在種子裡
帶著笑聲，以淚造水，造光
直接躍進第三十個永世
在愛的廢墟吹響七支號角
如同那善妒者終於終於
體悟逼近你的神學

闔上書頁的夜晚

我們的靈魂脫卸了羽衣

脫卸了佯為朝拜者的刑具

不再憐惜那些仰求聖靈

匍匐於陵谷的字句

我們甘心放逐於伊甸

智慧樹下，至福一再遲延

以玫瑰之名呼喚純粹的回聲

詮解一切的起始與終結

在末日，我們相信詩和塵土

更甚於相信空氣

因為你是唯一

輯VII / 逝者如斯

我但願在索多馬回頭
垂淚看你

逝者如斯
——記汐止再歷水劫

　　想當然是某種啟示即將到來了

　　想當然二度降臨，即將到來。

　　　　　　——葉慈〈二度降臨〉（楊牧譯）

逝者如斯

濁水退至階下

沤者是掙扎竟夜的蟲屍

垃圾袋，這浮油的生物

仍瀲灩著逼近夢境的水光

水漬漸薄，大理石的椅背上

濃淡的節理竟寫就歷史

金魚依稀紅豔

青荇依潮痕搖擺

於是夜裡的漲退就值得考古了

殘餘的夢境慶幸渡過浩劫
趁水勢仍在我得趕緊
以濁水沖洗新衣，且把
心室與心房一起撙縮
看這年這夜有多少塵泥

真令人不敢置信
是誰能翻箱倒櫃如此
有力者全無礙於鐵窗鐵門
但究竟此間還有什麼值得竊負
昨夜裡我已遍尋不著

真令人不敢置信，水勢急漲
想要丟棄的竟然遠多於想要搶救的
我竟然只想留存路上街燈
在鄰座女學生手臂上的流影以及
她在窗霧上的塗鴉

零雨其濛，我翻讀著詩集
逝者如斯，她在滂沱水勢中
下車，男子共站牌佇立

霧氣上是小小的 i.o.u.⋯⋯，我看清楚了
卻不禁妒恨起來，像雨聲

想來等候已久，契闊的
鼓聲仍在車頂敲擊
焦躁的心是一串念珠此起
而彼落的話機仍閃著燈紅
或者燈綠也不得前行

疲憊的魚群仍堅持唧尾
上溯，潮汐不止
話機裡不斷告知災況
但已經難回頭了
我已涉水太深

涉入中年，仍聽見水聲依稀
夜裡的救生艇又閃燈划近
窄窄的巷子，呼喚著
窗前我們記起當年
水患以及情愛的高度

終得落實於柴米油鹽
浸泡過濁水的詩集與相片
濕了畫眉失了紅唇與齒白
但總算還記得失了床墊後
併肩躺臥最是溫純之夜

還記得鄰居們曾經共患難
水退後不捨晝夜流汗、清洗、棄物
而棄物也不捨晝夜流著污汗
想在一切盡失後努力留存些什麼
最終家家戶戶都贏得積塚如陵

這是我們共同的記憶
而隔壁的吳老師已經癡呆
不記得的豈只是十一年前的災難
對面我曾泅泳而至的王家也已換過
一身鋼骨，失憶卻更深了

即便是記起，從地下室裡
抽出的積水還能洗刷些什麼
相片、木馬、呻吟以及淚水

都被推土機連積塚一起推走
我們要重建的豈只是家園

心靈的犬在暗夜淒厲嚎叫
水漲了，頸項上的圈鍊仍未除去
我想起當年尾隨我囚泳逃生的狗兒
想起對牠的虧欠，而這回
又兩隻兔子無聲溺斃

還有妳的筆記和劇本
都在工兵的手套中傳遞過了
但清除與掩埋才是他們的任務
紅著眼睛的兔子知所感激
我卻因無能區分價值而悔恨不已

終於看到巷口外的天空了
看到建商的廣告車標誌著水樂園
我想起無數車體與建築物一日夜的歡淫
想起那年水退後坐在國小牆頭的布娃娃
善於增殖的城市，誰才是她真正的男人

濁流滔滔，誰謂河廣
一葦杭之的官員相濡以口沫並競相投鞭
於彼此的肩脊築起一段段
阻截眾流的河堰
然後，我又聽見涉水的聲音

是升階的調性吧
河口的海潮湧漲上行
水庫以洩洪對位、和聲、加速
推擠河曲的喘息更急，何其喧騰啊
像中樞神經失控後政客在溝渠裡急於逃逸

我不能不想二度降臨的可能性
文明終究有劫毀，何況肉體
常墮於輪迴，我不能不想起
養份與細菌共存的濃湯裡
字句的組成、生長、繁衍、以及演化

別怪我氾濫成災，我的愛
我已經儘可能地節制
憤怒與哀傷，我一路目睹

如泥的塵世，我只能在詩裡
在妳的愛裡再浸泡一夜

再度降臨了，救生艇的燈光
航向樓梯間與黑暗城市
我們回頭，想抱她一道
重溫這奇異的夢境，但她
熟睡了，正往夢裡划行

於是在氾濫的夜裡，我記起
更久前車上一位孕婦手撫著腹部
我聽到繆思的女兒在水聲中胎動
四肢音韻隱隱，五官意象豐饒
我們將要為她命名，欣喜著

與妳的恆在，時間終止
在涉水的聲音裡，一莖燭火
熄滅後，憤怒與哀傷也沉淪了
記憶終將沉澱於藻荇
晨光將乘小艇來尋

而那時我們已不需食糧
不須探照燈救援
也不須領受浸洗的儀式
在河上，我們看一株楊柳
迎風依依，她將會見證

昔我已往，不捨晝夜消漲
詩的潮水載負著記憶
這一扇窗，所幸我們仍有
芭蕉在雨裡打字
有人正涉水而來

後記：

　　1976年的10月24日，琳恩颱風過境，汐止首度遭逢水患，室內沒水近2公尺。經過一週的辛苦清理後，家中蕩然。1998年10月15日，瑞伯又帶來豪雨，汐止再罹浩劫，至夜半水深已超過一米，全家人躲在樓上，擔心水位會持續上漲。天未全明時，水開始消退，遂下樓利用階前未退濁水先行沖洗地板污泥。

　　我站在門口，看著階前濁流與漂浮物，想起孔子在川上的喟嘆：「逝者如斯夫！」工作告一段落後，我回到樓上打開電腦，望著視窗，十一年前與這一晝夜之景象與心思交疊而生，於是落指為詩，一個多小時內寫下七十五行；待一切清理完畢後，再補記數日來所思所見以終篇。

震來其蘇

傳說流浪的人回不了家，鞋跟不知去向。
遠征的人失了刀甲，鬚髮佔領了霜雪。

月光沿河偵搜碎散的眼窩，
而剩下的兩顆牙仍在風中廝磨。

拿起圓鍬，挖一方坑穴，是誰埋葬了誰？
半衰了的文明將在哪個元素裡復活？

帝國需要什麼樣的旗幟？
權柄與永生需要什麼樣的玉石？

新生的為何追憶亡者？
碎裂的為何急於縫補？

死詩人起立宣達：「萬物離析，中央崩潰；
上焉者信心全失，下焉者激情毛躁。」

然則鷹隼旋昇只為預示再度、再度的
降臨？一切只能等待，別無他途？

專家甲說板塊如癌位移，將擠壓腎臟，
因此放血是必須的，且毋需驚怖。

專家乙說地質液化，有助土壤緊實，
灌漿鞏固即可，沒有大礙？

謠言說蚯蚓疾行如浪翻騰，
狗兒開始嚼食自己的影子。這一切

究竟是我們誤解了生命？還是自然本無肉身？
膿血還沒湧出，一口井已經填滿了沙。

恐怖份子的新年搗辭

1

主啊！主教說勿藉汝名貪食煙火

可我但願蒼穹掛滿了燻肉

酵母溢出馬槽與河谷

我但願人子剝了羔羊皮之後

他的金牙咬緊黑鳥的尾巴

同墜曠野

2

主啊！主教說有　個永恆的你

居住在鞋跟的深處

可人子卻點不著火往前尋找

我但願所有的鞋都穿在你的足下

所有的街燈都因你的踢躂

而至寂滅

3

主啊！我但願你穿戴起頭巾
在每個圓月時分，誦唸彎弓之美
如你的傷口劇飲西風
我但願你，但願你也忘了自己的名
忘了主教說誰曾與你相約
誰的彩衣已經脫卸

4

主啊！你的藥廠傾毀殆盡
壞疽凝視陵谷，鋼鐵橫行
你的船寧可裝載導彈
卻任令動物泅泳
你的光在高地上互換方向
山下的道路卻修修補補，永無寧日

5

你說這一切都是試煉
我但願魔鬼會原諒你的詭辯

我但願你說的都是真的
即使不測，主啊
我但願在索多馬回頭
垂淚看你

我射了，你爽了嗎

For You tell me how much death and suffering

Your victory over other gods will cost,

how much suffering and death will be needed

to justify the battles men will fight in Your name and

mine,……

--from "The Gospel According to Jesus Christ"

José Saramago

1

你知道我們的壕溝並不太寬

剛好容得下一整支軍團

枕著戰斧鼾睡到天明

容得下地底的黑色血液

黏膩地淌流，像記憶

流過月灣，澆灌過我們
最後的一棵樹，你記得它的根
曾經深入巴格達和耶路撒冷
它的枝條曾經在倫敦和德勒斯登
開過花，而終於在紐約

結果，樹哪去了呢
我說：雲間的騷動你聽見了嗎
繁殖的季節，空氣裡瀰漫費洛蒙氣味
你看金屬鳥兒繞過三千匝
仍找不到神的巢穴

2

啾啾，你聽，如果不能做愛
（牠們正交換密語）我們何不
更激更烈地做，做，做
做，我們的最愛，啾啾
像我們的主，我們的神

千年來的最愛，以父之名
奮力宰殺羔羊，以火

浸洗城池，牲祭日夜
於是我們再次做了，以愛之名
再次啾啾，我的魂和你的魄

再次撲撲穿過黑煙，像鴿子
旋繞了千世，卻仍找不到
那金色的樹，找不到
神的居所，找不到那艘
擱淺在山頂的大船

3

傳說它是最後一棵樹所造
傳說它裝載了未來
傳說從年輪中心又生了更多
枝繁葉茂的傳說
關於和平，關於新世紀

你聽，用你的雷達傾聽
那邊，在河之洲，慢慢橫渡的
粉紅色的蹄，是誰的子裔

還有那邊，是誰在蒐集斷肢
殘耳、鉛子和我們的葉子

啊，我們的樹乾枯了
天使無巢可居
大鷹從新世紀飛來
我抱著我的羊，人子啊
我射了，你爽了嗎

無　題

1

一隻鳥躺臥在我的手中
而更巨大的手已經離開了

2

又一隻鳥選擇了自己的航線
可牠從不想佔領天空

3

有杯紅酒才端到嘴邊
嘴唇就長出了翅膀

4

飄落的不是羽毛
而是一些字體，無聲無息

5

沒有人看見鳥的眼睛
雷達上的光點各自寂寞

6

他們在夢裡終於有了共識
排成的人字，此去卻再無目的

7

不畫紅色的線條和音符
黑潮終夜唱著只有人魚才懂的歌

8

有人拒絕流淚
鳥乾脆吞下自己的簧舌

9

但上帝不懂你的否定文法
所有的名字都是,祂

六月某日有祭

你還記得嗎

最親愛的同志

這是最最淫蕩的節日

年年有人重回凶案現場

擊鼓，磨牙，配發麥克風

一陣囁嚅或呼喊之後

又撕下幾片花瓣

或者投入什麼

以為歷史便要站在他們身邊

那年兩岸蛟鱷繁生

荷葉甫甦

我們又被裹成粽子

宛如同舟共命

或者溯迴或者順水

我們都了無掛意

因為炒栗，干貝，甜蝦

我們以為的一切好料
都填滿了臟腑

如今每當我意欲解開聲名的繫繩
總會記起槍響之前
你曾貼著我的耳邊說
何等淫蕩啊
這歷史的氣味
你還記得嗎

這棵樹沒有碑文

　　——二二八和平紀念公園樹下讀李永熾教授中譯大
江健三郎一九九四年得諾貝爾文學獎演獎辭〈曖昧
的日本的我〉

這棵樹沒有碑文
但更值得你我躺下
端詳：黝黑的枝椏叉向四方
扭曲而安然，像額上
綠色和藍色相間的小火燄
灼熱燒熾，黃葉如紙燼飛舞
墜落身上的還間有幾顆
微微帶刺的毬果，而你知道
一切都只是季節和植物
無聲的招呼

這棵樹沒有碑文
五色鳥從遠處飛來
並不選擇十步開外
那方無處棲止，愛恨筆直
不生蟲也不長苔的磊石
牠咕咕而鳴
不是什麼偉大的聲音
牠轉動黑色眼睛
尋找一個剎那
一個與你我毫不相干的空間

但你我並非毫不相干
就在這樣的午后
在一棵樹的下方
你的根莖盤據我的額頭
而我覆蓋你，彷彿如此的選擇
再再自然不過，沒有碑文
沒有誓語，空洞的回聲
我們閉上眼睛，看見天空
火燄輕輕跳躍，一隻鳥
黑色的眼球，轉動著

觀霧有指

撥霧前行
卻只看到千指萬指
影影綽綽，似萬千倒木
又成林如霧

一陣風起，島嶼的掌心裡
怎地盡是谷壑
命運般地，萬喚
千呼

跳　繩

左手忙著
以理想定義敵人

右手忙著
以敵人定義理想

剩下的軀幹只好積糧
　跳繩，瘦身
做夢打槍，裁減軍備

布　幔
——新世紀重讀銅像國傳奇

歷史當然可以反覆
曾經站立行刑隊的簷牆
也曾經遮風蔽雨
曾經百合放歌的田地
如今堆滿糞土，豬羊易色

而這都不只是一次的牌局了
牆裡的急管與繁絃，擋不住牆外
銅像國的衛隊呼回口號，踴躍而舞
講上古者擊鼓夜哭的
更高出黑白，深於藍綠

你看那邊又來了一位索倫人
他自塑自毀的半張臉
新興的豹人和蛇幫又輪番戴上
可憐一匹布幔由古拉到今
遮醜嫌短，還有輕重可量

【後記】
住著回聲的房子

> 最後，我也走了
> 留下一棟房子，住著回聲
> 愛情和智慧仍在別處
> 輪流敲門求宿

　　這首〈住著回聲的房子〉是這部詩集所收創作最早的一首，出於1980年一個告別一段情感與一種生活方式的年歲。但那時想必是我因病情而開始大量閱讀、同時我嘗試書寫與登山的起點。那時的我常在谷壑間蒐集各種細密而遼遠的回聲。其中有松風、有雨雪、有瀑泉、有鳶唳鳥啼、有落石崩岩，也有更多自己的沉默、喘息、腳踏、呼嘯，或者掛在背包卜敲擊的鋼杯鏗鏗，或者就只是光，穿透黑森林，落在堆疊在塔克金溪溪源的巨岩上，照亮那些鋪著一層青苔再一層佛甲草金黃色的小花的光。或者只是從暗黑的水塘上攀著如水夜風折回瞳孔，幾絲輕泛的波紋。

在我的閱讀與登山的經驗裡，那些回聲的形式之所以始終讓我著迷，也許是出於一種音樂感，一種可以在空間的共鳴腔裡獲得重複而綿延而由強漸消，可以標識時間質感、創造出時間向度的聲調。音樂感，特別是有著回聲性質的，從遠方回應近身所發或所感的聲響，由此滲入了文字。

多年之後，我再次回望那許多之字形的、入林出林、翻岩涉水的山徑，那些回聲又再度隱現，甚至反覆增迴，試圖在遺忘的國度裡建立城堡。於是，〈住著回聲的房子〉再次被我借用於此標示一段歷程與歲月。

感謝在世紀轉換之際，須文蔚、鴻鴻、黃粱和蘇紹連等師友曾適時促動我再次裝備、出發探尋回聲。感謝他們，尤其感謝蘇紹連老師一再邀約、督促整編列隊出版，否則這些原本只想裝入鐵盒，沉入海底的煙霧般的詩稿，就大概要等五百年後的釣線或咒語才能有賦形再生的機會了。

此外，也當感謝網路時代開啟的視窗，以及從視窗中走出的一些亞法隆迷霧島嶼的精靈，和當代吸血鬼般的狂歡派對裡一再以回聲逗引我縱身山林水涯而不返的迷魅們。在這些詩形的轉換過程中，他（她）們和更久前我在山崖水湄遭遇的那些巨靈，有著同樣的輕重。

由此，我對「反景入深林，復照青苔上」的意境，有了另一層的體會。

語言文學類　PG0494　吹鼓吹詩人叢書07

在你的上游

作　　　者 / 阿　鈍
主　　　編 / 蘇紹連
責 任 編 輯 / 黃姣潔
圖 文 排 版 / 賴英珍
封 面 設 計 / 蕭玉蘋

發 行 人 / 宋政坤
法 律 顧 問 / 毛國樑　律師
印 製 出 版 / 秀威資訊科技股份有限公司
　　　　　　114台北市內湖區瑞光路76巷65號1樓
　　　　　　電話：+886-2-2796-3638　傳真：+886-2-2796-1377
　　　　　　http://www.showwe.com.tw
劃 撥 帳 號 / 19563868　戶名：秀威資訊科技股份有限公司
　　　　　　讀者服務信箱：service@showwe.com.tw
展 售 門 市 / 國家書店（松江門市）
　　　　　　104台北市中山區松江路209號1樓
　　　　　　電話：+886-2-2518-0207　傳真：+886-2-2518-0778
網 路 訂 購 / 秀威網路書店：http://www.bodbooks.tw
　　　　　　國家網路書店：http://www.govbooks.com.tw
圖 書 經 銷 / 紅螞蟻圖書有限公司
　　　　　　114台北市內湖區舊宗路二段121巷28、32號4樓
　　　　　　電話：+886-2-2795-3656　傳真：+886-2-2795-4100

2010年12月BOD一版
定價：230元
版權所有　翻印必究
本書如有缺頁、破損或裝訂錯誤，請寄回更換

國家圖書館出版品預行編目

在你的上游 / 阿鈍作. -- 一版. -- 臺北市：秀威資訊科
技, 2010.12
　　　面；　公分. --（語言文學類；PG0494）（吹鼓吹詩
人叢書；7）
　　BOD版
　　ISBN 978-986-221-685-9（平裝）

851.486　　　　　　　　　　　　　　　99024273

讀者回函卡

感謝您購買本書，為提升服務品質，請填妥以下資料，將讀者回函卡直接寄回或傳真本公司，收到您的寶貴意見後，我們會收藏記錄及檢討，謝謝！
如您需要了解本公司最新出版書目、購書優惠或企劃活動，歡迎您上網查詢或下載相關資料：http:// www.showwe.com.tw

您購買的書名：＿＿＿＿＿＿＿＿＿＿＿＿＿＿＿＿＿＿＿＿＿＿＿＿＿

出生日期：＿＿＿＿＿年＿＿＿＿＿月＿＿＿＿＿日

學歷：□高中 (含) 以下　　□大專　　□研究所 (含) 以上

職業：□製造業　□金融業　□資訊業　□軍警　□傳播業　□自由業
　　　□服務業　□公務員　□教職　　□學生　□家管　　□其它＿＿＿

購書地點：□網路書店　□實體書店　□書展　□郵購　□贈閱　□其他

您從何得知本書的消息？

　□網路書店　□實體書店　□網路搜尋　□電子報　□書訊　□雜誌
　□傳播媒體　□親友推薦　□網站推薦　□部落格　□其他＿＿＿＿＿

您對本書的評價：（請填代號　1.非常滿意　2.滿意　3.尚可　4.再改進）

　封面設計＿＿＿　版面編排＿＿＿　內容＿＿＿　文／譯筆＿＿＿　價格＿＿＿

讀完書後您覺得：

　□很有收穫　□有收穫　□收穫不多　□沒收穫

對我們的建議：＿＿＿＿＿＿＿＿＿＿＿＿＿＿＿＿＿＿＿＿＿＿＿＿＿

＿＿＿＿＿＿＿＿＿＿＿＿＿＿＿＿＿＿＿＿＿＿＿＿＿＿＿＿＿＿＿＿

＿＿＿＿＿＿＿＿＿＿＿＿＿＿＿＿＿＿＿＿＿＿＿＿＿＿＿＿＿＿＿＿

＿＿＿＿＿＿＿＿＿＿＿＿＿＿＿＿＿＿＿＿＿＿＿＿＿＿＿＿＿＿＿＿

11466
台北市內湖區瑞光路 76 巷 65 號 1 樓

秀威資訊科技股份有限公司 收

BOD 數位出版事業部

⋯⋯⋯⋯⋯⋯⋯⋯⋯⋯⋯⋯⋯⋯⋯⋯⋯⋯⋯⋯⋯⋯⋯⋯⋯⋯⋯⋯

（請沿線對折寄回，謝謝！）

姓　　名：＿＿＿＿＿＿＿＿＿　年齡：＿＿＿＿　性別：□女　□男

郵遞區號：□□□□□

地　　址：＿＿＿＿＿＿＿＿＿＿＿＿＿＿＿＿＿＿＿＿＿＿＿＿

聯絡電話：(日)＿＿＿＿＿＿＿＿＿＿　(夜)＿＿＿＿＿＿＿＿＿＿

E-mail：＿＿＿＿＿＿＿＿＿＿＿＿＿＿＿＿＿＿＿＿＿＿＿＿＿